# Les Femmes en Blanc

Dessin: Bercovici / Scénario: Cauvin

DUPUIS

D. 2000/0089/55 — Dépôt légal : janvier 2000.
ISBN 2-8001-3055-5 — ISSN 0771-9124

Printed in Switzerland by Partenaires Livres®

# On n'est jamais mieux servi que par soi-même...

ESSAYEZ QUAND MÊME! ON NE PEUT DÉCEMMENT PAS LE LAISSER MOURIR, SAPERLOTTE!
COMME VOUS VOUDREZ!
CRRR CRRR CRRR
MADAME LOUPETTE, VOUS ALLEZ RIRE, MAIS EN LE FOUILLANT, DEVINEZ CE QUE J'AI TROUVÉ DANS SON OREILLE!? UNE PIPETTE!
UNE QUOI?!
ALLÔÔÔ?
REGARDEZ, IL Y A ENCORE UN MORCEAU DE CHAMBRE À AIR COLLÉ AU BOUT!
ALLÔ, MADAME FÉMUR? M. LE DOCTEUR EST-IL LÀ?
PSST! CHÉRI, C'EST LA CLINIQUE SAINT-ANTOINE! TU ES LÀ?
NIET!
IL N'EST PAS LÀ! HA! MERCI, MADAME!... AU REVOIR, MADAME!
ESSAYEZ LE DOCTEUR KOTTY, VITE!
ET MOI? QU'EST-CE QUE JE FAIS?
RETOURNEZ PRÈS DE LUI! S'IL SE RÉVEILLE, FAITES-LE PATIENTER!
ALLÔ? DOCTEUR KOTTY?
LA CLINIQUE SAINT-ANTOINE ICI! IL Y A UNE URGENCE QUI VIENT D'ARRIVER ET...
DITES QUE C'EST TRÈS GRAVE!
MAIS... JE... MAIS... OUI, DOCTEUR! BIEN, DOCTEUR!
QU'EST-CE QU'IL DIT? QU'EST-CE QU'IL DIT?
IL DIT QUE CE N'EST PAS SON TOUR DE GARDE, QU'ON EST PRIÉ DE LUI F... LA PAIX ET QU'ON NE VIENNE PLUS L'ENQUIQUINER AVEC NOS CONNE
HOOO!
ESSAYEZ ENCORE CHEZ LE DOCTEUR MINET
VOUS NE DEVINEREZ JAMAIS CE QU'IL TENAIT ENTRE SES DENTS!
DITES!
ALLÔÔÔ! ALLÔÔÔ!
UN BOULON! C'EST GAG, NON?
RETOURNEZ AUPRÈS DE LUI, ET SURTOUT NE LE LAISSEZ PAS SEUL! IL NE FAUT PAS QU'IL S'AGITE! C'EST DÉJÀ UN MIRACLE SI TOUS SES MORCEAUX TIENNENT ENCORE ENSEMBLE!
2

ALORS !?
PAS ENCORE RENTRÉ !
C'EST PAS POSSIBLE ! MAIS OÙ EST-IL !? MAIS OÙ EST-IL !?
PARTI PORTER SON TIERCÉ ! C'EST SA FEMME QUI LE DIT !
MAIS ÇA FAIT UNE HEURE DE ÇA ! IL DEVRAIT ÊTRE RENTRÉ !
HA ! VOUS CONNAISSEZ LES HOMMES, MADAME LOUPETTE ! IL SUFFIT QU'UN ESTAMINET SE TROUVE SUR LEUR CHEMIN POUR QUE DIRECTEMENT ILS S'Y ARRÊTENT !
IL EST RÉVEILLÉ !?
NOOON ! IL DORT TOUJOURS ! VOUS AVEZ DES NOUVELLES !?
HÉLAS !
HA BEN BRAVO ! ON NE PEUT PAS DIRE QU'IL A LE SENS DES RESPONSABILITÉS, MONSIEUR MINET ! C'EST PAS JOLI ÇA ! PAS JOLI DU TOUT !
A' PROPOS, MADELEINE, AVAIT-IL DES PAPIERS D'IDENTITÉ SUR LUI ?
AUCUN, MADAME LOUPETTE ! POURTANT JE L'AI FOUILLÉ DE FOND EN COMBLE ! J'AI MÊME ENCORE DÉCOUVERT UN PETIT MORCEAU DE PNEU MICHELIN X À CARCASSE RADIALE DANS UNE NARINE.
ET UN AUTRE BOULON DANS UNE DE SES CHAUSSETTES ! HA, J'OUBLIAIS, IL TENAIT UN BOUT DE PAPIER DANS SA MAIN SERRÉE...
DE L'ARGENT ?
NON, UN BULLETIN DE TIERCÉ !
MADELEINE, RETOURNEZ AUPRÈS DE LUI, VITE, ET APPELEZ-MOI S'IL SE RÉVEILLE !
?
CORINNE, APPELEZ MADAME MINET ET DEMANDEZ-LUI SI SON MARI AVAIT DES PAPIERS D'IDENTITÉ SUR LUI QUAND IL EST SORTI !
PLUS TARD...
NON...
SAINTE VIERGE !
3

ÇA Y EST ! IL EST REVENU À LUI ! VOUS NE DEVINEREZ JAMAIS QUI IL EST !
OH ! SI !
EUH... AHEM... ÇA VA, DOCTEUR ?
AUSSI BIEN QU'UN HOMME QUI VIENT DE SERVIR D'AUTOROUTE À UN VINGT TONNES ! DITES, VOUS AVEZ FAIT APPEL À QUI POUR ME RAFISTOLER ?
BEN... L'EMBÊTANT, C'EST QUE C'ÉTAIT VOUS LE MÉDECIN DE GARDE...
ET LES AUTRES ?
PARTIS EN WEEK-END ! OU PAS DISPONIBLES !
HA LES !!
EUH... NOUS SOMMES LÀ, DOCTEUR ! EST-CE QU'ON PEUT FAIRE QUELQUE CHOSE ?
OUI ! APPORTEZ-MOI DE LA GAZE, DU DÉSINFECTANT, DES PINCES, DU FIL ET DES AIGUILLES...
MAIS...
VOUS N'ALLEZ TOUT DE MÊME PAS...
ET QUI VOULEZ-VOUS QUI LE FASSE ? JE SUIS LE MÉDECIN DE GARDE, NON !?
HA C'EST BEAU LES COPAINS !
PINCES !
DES VENDUS, OUAIS !
SCALPEL !
JE LEUR EN FICHERAI, MOI
CISEAUX !
EXCUSEZ, MAIS UNE URGENCE VIENT ENCORE D'ARRIVER ! QUE DOIS-JE FAIRE ?
J'ARRIVE !
DOCTEUR VOUS N'Y PENSEZ PAS ! VOUS VENEZ À PEINE DE VOUS RECOUDRE !
ALORS QU'ON ME L'AMÈNE !
RESPIREZ ! EXPIREZ ! RESPIREZ ! EXPIREZ !
?!
J'ESPÈRE QUE CE N'EST PAS TROP GRAVE !
NON ! UNE BAISSE DE TENSION ! HEUREUSEMENT POUR LUI D'AILLEURS !
4
BERCOVICI • CAUVIN

# Fais dodo...

BONJOUR, CORINNE!
BONJOUR, DOCTEUR!
BONJOUR, MADAME LOUPETTE! QU'EST-CE QUE J'AI DANS MON PLANNING CE MATIN ?
UNE APPENDICITE, DOCTEUR!
PARFAIT!
LE PATIENT?
SUR LA TABLE D'OPÉRATION! TOUT EST PRÊT!
NOUS N'ATTENDIONS PLUS QUE VOUS!
TRÈS BIEN! VOULEZ-VOUS M'AIDER S.V.P?
PEU APRÈS
BONJOUR, TOUT LE MONDE!
BONJOUR, DOCTEUR!
BONJOUR, DOCTEUR!
?
COMMENT!? IL NE DORT PAS!?
ON A TOUT ESSAYÉ, DOCTEUR...
ON LUI A DONNÉ DES CALMANTS, ADMINISTRÉ VINGT-SIX PIQÛRES, ON A ESSAYÉ DE L'ANESTHÉSIER...
ALORS!?
RIEN À FAIRE!
INCROYABLE!
N'EST-CE PAS!?
1 II

EST-CE QU'IL MARCHE AU MOINS, CE BIDULE !?
OUI ! BIEN SÛR ! ESSAVEZ-LE, DOCTEUR ! VOUS VERREZ !
MMPFFFFFFFF
BLAF
DOCTEUR !
Z !
PEU APRÈS...
ÇA IRA, DOCTEUR ?
ÇA IRA ! NE VOUS INQUIÉTEZ PAS !
VOUS, ÉCOUTEZ-MOI BIEN ! VOUS N'ÊTES PAS ICI POUR FAIRE L'IMBÉCILE ! QUAND ON VOUS DEMANDE DE DORMIR, DORMEZ, VU ?
OUI ! OUI OUI !
BRAVO ! À PRÉSENT, ON VA VOIR SI VOUS AVEZ COMPRIS ! LE MASQUE !
VOILÀ, DOCTEUR !
BLAF
DOSE MAXIMUM !
LE MAX... !? HA BON, VOILÀ, DOCTEUR !
SSSSSSSSSSS
HMMM... PARFAIT ! NOUS POUVONS Y ALLER !
SCALPEL !

DOCTEUR...
MMM ?
?!?
MILLE MILLIARDS DE *@%!!
VOUS ALLEZ DORMIR OUI OU NON !?
MAIS MOI JE VEUX BIEN !
MAIS ALORS QU'EST-CE QUE VOUS ATTENDEZ !?
J'PEUX PAS !
IL DORMIRA, JE VOUS DIS ! IL DORMIRA !
DOCTEUR, VOYONS, VOUS N'Y PENSEZ PAS ?
J'PEUX PAS ! J'PEUX PAS ! JE LUI EN FICHERAI, MOI, DES J'PEUX PAS !
DOCTEUR, CALMEZ-VOUS, VOYONS !
JE CROIS AVOIR UNE IDÉE !
VOUS !?
ÉCOUTEZ ! BZ BZ BZ
MMMOUAIS ! POURQUOI PAS ! AUTANT TOUT ESSAYER !
COUCHÉ, VOUS
HOP
FERME TES YEUX OUBLIE TON JOLI LIVRE D'IMAAAAGES*
MKK MKK MKK
ÇA MARCHE ! ÇA MARCHE !
IL... IL S'EST ENDORMI ! IL DORT !
OK ! ON Y VA !
II 3
*AIR CONNU !

SCALPEL!
ÉCARTEURS!
CISEAUX!
PINCES!
KLEENEX!
ÇA VA! VOUS POUVEZ LE PANSER! ENSUITE RECONDUISEZ-LE DANS SA CHAMBRE! J'IRAI LUI RENDRE VISITE SITÔT QUE JE ME SERAI DÉBARBOUILLÉ.
BIEN, DOCTEUR!
PEU APRÈS
QUE... QU'EST-CE QUE!?
BEN... COMME DEMAIN C'EST PÂQUES, J'AVAIS PENSÉ QUE...
LE SOIR VENU...
TU NE DORS PAS ?
CETTE JOURNÉE M'A TAPÉ SUR LES NERFS, RÉSULTAT: IMPOSSIBLE DE FERMER L'OEIL!
PRENDS UN CACHET!
J'EN AI PRIS! MAIS RIEN À FAIRE....
QU'EST-CE QUE TU COMPTES FAIRE ALORS?!
JE NE VOIS QU'UNE SOLUTION
ALLÔ! CLINIQUE ST ANTOINE... EST-CE QUE MELLE MADELEINE EST ENCORE LÀ !?
?!
FERME TES YEUX OUBLIE TON BEAU LIVREEEEUU D'IMAGES...

# T'as de beaux yeux, tu sais...

DES YEUX JAPONAIS?! ILS SONT MINUSCULES, LÉGÈREMENT BRIDÉS ET, EN PLUS ILS NE COÛTENT PAS CHER!
RESTONS EUROPÉENS, VOULEZ-VOUS!?
UN ŒIL UNIQUE, ÇA NE VOUS INTÉRESSE PAS? LE BANDEAU EN PRIME!
QUELLE NATIONALITÉ?
ISRAÉLIEN!
NON!
ALORS CEUX-CI PEUT-ÊTRE! CE SONT DES YEUX DE DROGUÉS! REGARDEZ, LES PUPILLES SONT ADORABLEMENT DILATÉES....
NON!
LES VISIONS SONT GARANTIES!
NON!
VOUS ÊTES UNE DIFFICILE, VOUS!
JE NE VAIS TOUT DE MÊME PAS DONNER N'IMPORTE QUOI AU CLIENT!
HAAAA!... JE CROIS QUE J'AI CE QU'IL VOUS FAUT!
DITES!
DES YEUX DE BOXEURS! AVEC DU NOIR, DU JAUNE ET DU VIOLET TOUT AUTOUR!
ÉCOUTEZ, JE NE VOUDRAIS PAS VOUS PRESSER, MAIS LE DOCTEUR OPÈRE EN CE MOMENT! FAUDRAIT VOIR À NE PAS LAISSER LE PATIENT AVEC DU VENT DANS LES ORBITES!
BON! BON!
VOYONS VOYONS... HOOOO!
?
QUI C'EST QUI A LAISSÉ TRAÎNER LES YEUX DE BOUILLON SUR L'ÉTAGÈRE?
2 III

NOUS VENONS DE RECEVOIR UN NOUVEAU MODÈLE ! ALORS LÀ, JE PEUX VOUS GARANTIR QUE VOUS ALLEZ SAUTER DESSUS !
HA OUI ?
DES YEUX DE CAMÉLÉON ! ON LES MONTE SUR ROULEMENTS À BILLE ! GROS AVANTAGE ! ON PEUT REGARDER DE TOUS LES CÔTÉS ! EN HAUT, EN BAS, À GAUCHE, À DROITE, DERRIÈRE, DEVANT ET CE SANS TOURNER LA TÊTE... SENSAS, NON ?
NON ?
HA BON !
LES YEUX DE MAMAN ?
LES YEUX DE MAMAN !?
LES YEEUUUX DE MAMAN SONT DES ÉTOILES...
OUAHAHAHAHAHA
C'EST PAS BIENTÔT FINI, DITES ! J'AI UN MALADE QUI ATTEND !
VOILÀ VOILÀ
REGARDEZ-MOI ÇA ! DE VRAIS BIJOUX !
MMM
ÇA VA ! JE PRENDS !
JE VOUS LES EMBALLE OU C'EST POUR CONSOMMER TOUT DE SUITE ?
3
III

QUEL BÊTE TYPE ALORS! AVEC ÇA JE SUIS CERTAINE D'ÊTRE EN RETARD!
HA QUAND MÊME! MAIS OÙ ÉTIEZ-VOUS DONC PASSÉE? VOILÀ PLUS D'UNE HEURE QU'ON VOUS ATTEND!
HA BEN OUI ALORS!
EXCUSEZ-MOI DOCTEUR, MAIS IL Y AVAIT TELLEMENT DE CHOIX QUE J'AI EU DU MAL À ME DÉCIDER!
LES FEMMES! TOUTES PAREILLES!
HÉ HÉ HÉ! ILS NE SONT PAS MAL, CES YEUX! QUI ÉTAIT LE DONNEUR?
UN DÉNOMMÉ LA ROUSSETTE, DOCTEUR! UN NOBLE SÛREMENT
HI HI HI! J'AI CONNU UN FERMIER QUI AVAIT UNE VACHE QUI PORTAIT LE MÊME NOM!
HI HI HI
HAHAHAHA! UNE VACHE!
HI HI HI HI HI HI
HI
UNE VACHE!!?
EUH... AHEM! QU'EST-CE QU'ON FAIT, DOCTEUR!? ON RECOMMENCE?
AH NON! PAS QUESTION! POUR UNE FOIS QUE L'OPÉRATION A RÉUSSI!
DEUX MOIS PLUS TARD....
MON MARI?! OH OUI DOCTEUR! L'OPÉRATION A PARFAITEMENT RÉUSSI! IL EST DEVENU UN TOUT AUTRE HOMME!... À PART UN TOUT PETIT DÉTAIL....
IL PASSE DES HEURES AU FOND DU JARDIN À REGARDER PASSER LES TRAINS...
?!!
scénario CAUVIN

# Entre chien et chat

MAIS C'EST QU'ELLE VOUS MORDRAIT, CETTE SALE BÊTE !
DITES-MOI, DOCTEUR ! C'EST GRAVE ?
VOUS... VOUS AVEZ VU UN VÉTÉRINAIRE ?
GRRRR GRRRR
J'Y AI PENSÉ, DOCTEUR ! J'EN CONNAIS D'AILLEURS UN TRÈS BON ! JE LUI AI DÉJÀ AMENÉ MON CHAT, MON COCKER, MON CANARI... MAIS J'HÉSITE À LUI MONTRER MON MARI
TAP TAP TAP
WAAARF WAAAAAF
ARMAND ! COUCHÉ !
VOUS VOYEZ ! IL DEVIENT MÉCHANT ! HOOO, DOCTEUR ! JE VOUS EN SUPPLIE ! FAITES QUELQUE CHOSE...
BOM BOM BOM
Hiiiiii Hiiiiii
BIEN SÛR ! BIEN SÛR ! DITES-MOI, A-T-IL ÉTÉ VACCINÉ CONTRE LA MALADIE DE CARRÉ ?
BEN... NON !
NOUS COMMENCERONS DONC PAR LÀ ! ENSUITE IL VAUDRAIT MIEUX QU'IL SOIT HOSPITALISÉ ICI QUELQUES JOURS ! MADELEINE, OCCUPEZ-VOUS DE LUI TROUVER UNE PLACE, VOULEZ-VOUS !?
MAIS, DOCTEUR, IL N'Y A PLUS DE LIT !
QUI VOUS A PARLÉ DE LIT ?
HA ! DANS CE CAS !..

QUELQUES JOURS PLUS TARD...
ARMAND
ALORS ! COMMENT VA-T-IL ?
BEAUCOUP MIEUX, DOCTEUR ! CE MATIN, IL M'A DONNÉ LA PATTE !
...ET DU CÔTÉ PROPRETÉ ?
FORMIDABLE ! A PRÉSENT, IL FAIT TOUJOURS SES BESOINS DANS SON BAC ! PLUS JAMAIS À CÔTÉ !
ET QUESTION NOURRITURE !?
IL EN EST TOUJOURS A RONGER SON OS, MAIS HIER, IL A QUAND MÊME MANGÉ SES PETITS POIS ET UNE 1/2 POMME DE TERRE !
DOCTEUR ! TÉLÉPHONE !
ALLÔ !? OUI, MADAME ! BEAUCOUP MIEUX
ARF ARF
AUJOURD'HUI JE L'AI AUTORISÉ À SORTIR... OUI... SUR LA PELOUSE...
....NON...NON ! IL N'EST PAS ENCORE REDEVENU TOUT À FAIT NORMAL, MAIS AU MOINS, IL NE MORD PLUS !
ARF ARF ARF
C'EST ÇA ! UNE QUESTION DE PATIENCE.... AU REVOIR, MADAME...
PFFF PFFF PFFF

UN MOIS PLUS TARD...
MERCI ! MERCI, DOCTEUR ! MERCI DE CE QUE VOUS AVEZ FAIT POUR LUI !
MAIS C'EST NORMAL VOYONS
SORTIE
ET N'OUBLIEZ PAS ! À LA MOINDRE RECHUTE, TÉLÉPHONEZ ! N'ATTENDEZ PAS QU'IL SOIT TROP TARD !
COMPTEZ SUR MOI, DOCTEUR !
DRIIING ! DRIIING !
ALLOOOO !? CLINIQUE DU DOCTEUR MINET !
DOCTEUR, C'EST POUR VOUS !
QUI EST-CE ?
À MON AVIS, C'EST LA VOIX DE LA DAME QUI A QUITTÉ LA CLINIQUE TOUT À L'HEURE AVEC SON MARI !
DÉJÀ !??
GUÉRI ? JE LE CROYAIS AUSSI, DOCTEUR... MAIS À PEINE VOUS AVIONS-NOUS QUITTÉ QUE... ENFIN... BREF, JE CROIS HÉLAS QU'IL LUI RESTE DES SÉQUELLES...
VOUS CROYEZ ?
HO OUI ! HO OUI !
FSHHHHH FSHHHHH
MAIS LAISSEZ DONC CETTE BÊTE TRANQUILLE ! QU'EST-CE QU'ELLE VOUS FAIT À LA FIN ?
SAIS PAS, MAIS C'EST PLUS FORT QUE MOI !

# Puzzle

PINPONPINPONPINPON
CLINIQUE ST ANTOINE
UNE URGENCE, DOCTEUR !
J'ARRIVE, CORINNE !
21 À 37
FRIGO
HAAA ! QU'EST-CE QUE C'EST QUE ÇA !?
UN TRAPÉZISTE, DOCTEUR ! IL EST TOMBÉ D'UNE HAUTEUR DE TRENTE MÈTRES...
IL TRAVAILLAIT SANS FILET !?
HO SI ! MAIS IL EST PASSÉ AU TRAVERS !
HÉ BÉ ! QUEL GÂCHIS ! IL N'Y A PLUS UN MORCEAU QUI TIENNE ENSEMBLE !
PORTEZ-LE AU BLOC OPÉRATOIRE ! ON VA VOIR CE QU'ON PEUT FAIRE !
EXCUSEZ, DOCTEUR ! MAIS IL FAUT QU'ON FILE ! ON A DU BOULOT !
ET LA PROCHAINE FOIS, TRANSPORTEZ-LE DANS UN AUTRE HÔPITAL ! CE NE SONT PAS TOUJOURS LES MÊMES QUI DOIVENT AVOIR TOUTES LES CORVÉES !
PEU APRÈS...
J'ESPÈRE QUE VOUS AVEZ DÉJÀ JOUÉ AVEC DES PUZZLES, LES ENFANTS !
OUI, DOCTEUR, MAIS POURQUOI !?

PARCE QUE CETTE OPÉRATION VA Y RESSEMBLER DRÔLEMENT! PRÊTES!?
PRÊTES, DOCTEUR!
ALLONS-Y!
?
DOCTEUR, QU'EST-CE QUE C'EST!?
LE RADIUS!
DOCTEUR!?
MMM!
OÙ ÇA VA?
QUOI ÇA?
BEN, LE RADIUS!
C'EST UN DES DEUX OS DE L'AVANT-BRAS! OÙ AVEZ-VOUS FAIT VOS ÉTUDES, VOUS?
?!
POURRIEZ-VOUS M'EXPLIQUER CE QUE LE CONDYLE FÉMORAL FAIT AU NIVEAU DE L'APOPHYSE CORACOÏDE?
2 IV

BOUOUOUOUUUUUU
BEN, VOILÀ AUTRE CHOSE! QU'EST-CE QU'IL LUI PREND?
JE CROIS QUE VOUS L'INTIMIDEZ DOCTEUR!
ALORS ÇA C'EST LA MEILLEURE! ELLE ME MÉLANGE TOUS LES OS, ET JE NE PEUX MÊME PAS LUI EN FAIRE LA REMARQUE!
HO SI! MAIS ALLEZ-Y PLUS GENTIMENT, ET JE SUIS SÛRE QUE VOUS OBTIENDREZ UN MEILLEUR RÉSULTAT! ELLE A LE FOND SENSIBLE, VOUS SAVEZ...
?!
HA HA! LA PETITE COQUINE QUI INTERVERTIT LE TIBIA AVEC LA CLAVICULE...
HÉ HÉ HÉ
MMM?
JE... EXCUSEZ-MOI, DOCTEUR...
VOUS ÊTES TOUTE EXCUSÉE, MON PETIT! MAIS NE RECOMMENCEZ PLUS!
HO NON, DOCTEUR! JE VOUS LE PROMETS!
METTEZ-VOUS À LA PLACE DU PATIENT! SE REVEILLER AVEC LE MÉTATARSE À LA PLACE DU COCCYX! MMM?
OH OUI, ALORS! HI HI HI! CE SERAIT UNE BONNE BLAGUE!
ALORS!? QU'EST-CE QUE VOUS ATTENDEZ POUR LES CHANGER DE PLACE!?
DOCTEUR! VOYONS!
C'EST PLUS FORT QUE MOI, MAIS CETTE PETITE ME RENDRA FOU!
BOUOUOUOUUUUH...
DITES-MOI, DOCTEUR! QU'EST-CE QUE JE PEUX FAIRE SI VOUS NE VOULEZ PAS DE MOI!?
ALLEZ ME CHERCHER UNE AIGUILLE ET DU FIL! NOUS AVONS PRESQUE FINI DE RÉAJUSTER LES PIÈCES!

BLAM
ON CRÈVE DE CHAUD ICI! VOULEZ-VOUS OUVRIR LA FENÊTRE?
OUI DOCTEUR!
RÂÂÂ! ÇA FAIT DU BIEN!
ET VOILÀ! NOUS AVONS RÉUSSI À REMETTRE TOUT EN PLACE! À PRÉSENT, NOUS POUVONS TOUT RECOUDRE...
BON SANG! MAIS OÙ RESTE-T-ELLE À PRÉSENT!?
VOILÀ VOILÀ!
HAAAAA! LA PORTE!
COURANT D'AIR!!
QU'EST-CE QU'IL VOUS MANQUE ENCORE, DOCTEUR?!
UN HUMÉRUS, UN MALLÉOLE EXTERNE, LE STERNUM ET TROIS CÔTES...
NE VOUS INQUIÉTEZ PAS! ON A DÉJÀ RETROUVÉ PAS MAL DE CHOSES SUR LE GAZON ET MADELEINE FOUILLE LES ROSIERS À PRÉSENT!

# Toubib à Hollywood

AU SECOURS ! HELP ! DITES-MOI ! COMMENT VAIS-JE FAIRE ?
EN TÂTONNANT, VOUS TROUVEREZ BIEN, DOCTEUR !
EUH... ON... ON PEUT TOUJOURS ESSAYER ! MADELEINE, VOUS POUVEZ COMMENCER L'ANESTHÉSIE....
IL Y A VINGT-CINQ HÔPITAUX DANS CETTE VILLE ! POURQUOI FAUT-IL QUE CE SOIT TOUJOURS SUR MA POMME QUE ÇA TOMBE, DES HISTOIRES PAREILLES !!?
BAH ! NE VOUS INQUIÉTEZ PAS ! VOUS VERREZ QUE TOUT IRA BIEN ...
ÇA VA ?
EN PRINCIPE, IL DEVRAIT DORMIR COMME UNE MARMOTTE.
JE NE ME CONTENTE PAS DE "EN PRINCIPE", MADELEINE ! ALORS, C'EST OUI OU C'EST NON ?
C'EST NON ! VOUS AVEZ MIS LE MASQUE SUR MON PIED GAUCHE ! JE ME DISAIS AUSSI QUE VOUS AVIEZ UNE CURIEUSE FAÇON D'ENDORMIR LES GENS ...
DITES ! VOUS NE POURRIEZ PAS VOUS METTRE CONVENABLEMENT SUR CETTE TABLE ! VOUS NE CROYEZ PAS QUE LES CHOSES SONT DÉJÀ ASSEZ COMPLIQUÉES COMME ÇA !
JE NE SAVAIS PAS, DOCTEUR ! ON NE M'A RIEN DIT
MADELEINE !?
CETTE FOIS, JE CROIS QUE ÇA Y EST, DOCTEUR !
ZZZZZzzz
BIEN ! ALLONS-Y !
HMMMM
OUI
LÀÀÀÀ
C'EST ÇA
SCALPEL
LE POULS ?
CHERCHEZ, MADEMOISELLE, CHERCHEZ
DIFFICILE À DIRE, DOCTEUR ! JE NE LE TROUVE PAS !
BLAF

QUE... QUE S'EST-IL PASSÉ !?
JE... JE CROIS QU'IL EST TOMBÉ DE LA TABLE, DOCTEUR !
HO NOOOOOON ! ...
PLAF
C'EST EN CHERCHANT SON POULS, DOCTEUR... SGNIF... JE DOIS L'AVOIR BOUSCULÉ UN PEU... SGNIF...
ALORS ? VOUS L'AVEZ ?
ON CHERCHE, DOCTEUR ! ON CHERCHE !...
HAAA ? OUI ! ÇA Y EST !
VOUS ÊTES CERTAINE QUE C'EST LUI ?
BIEN SÛR ! QUI VOULEZ-VOUS QUE CE SOIT ?
DOUCEMENT... DOOOOUUCEMENT ! LÀÀÀÀÀ... PARFAIT...
IL A L'AIR D'ÊTRE DANS LA BONNE POSITION... VOYONS VOYONS... LE NEZ... LE NOMBRIL... O.K. ! NOUS POUVONS COMMENCER...
DÉFENSE D'ENTRER
TROIS HEURES PLUS TARD...
BRAVO ! BRAVO, DOCTEUR ! VOUS AVEZ ÉTÉ MAGNIFIQUE !
MERCI, MADELEINE ! À PRÉSENT, JE VAIS PRENDRE UN BON BAIN ! JE VOUS AVOUE QUE JE SUIS EN NAGE !
3. VII

DOCTEUR ! HO ! DOCTEUR ! JE VOUS CHERCHAIS PARTOUT ! VITE ! IL Y A UNE URGENCE !
NOOOON ?
C'EST GRAVE ?
UNE ABLATION DES AMYGDALES
BIEN ! ET... EUH... LE PATIENT, EST-IL NORMAL CETTE FOIS ?
TOUT CE QU'IL Y A DE PLUS NORMAL, DOCTEUR.
IL SE PRÉTEND AUSSI ACTEUR DE CINÉMA, MAIS À VRAI DIRE, SA TÊTE NE ME DIT RIEN DU TOUT !
UNE VEDETTE DE SECOND PLAN, SANS DOUTE ! C'EST BIEN ! PRÉPAREZ-LE ! J'ARRIVE...
NON ! PAS DE PIQÛRE ! JE DÉTESTE LES PIQÛRES ! J'AI HORREUR DES PIQÛRES...
ALLONS ALLONS ! NE FAITES DONC PAS L'ENFANT ! C'EST À PEINE SI VOUS LA SENTIREZ...
HAAAAAAAAÂ
EEEK !
?!
AU SECOURS !!
GROOOOAAAW
HULK © Marvel
GROOOOWW
QUI... QUI EST-CE !?
HULK, DOCTEUR !
BENG
KLONG
BAM
ET RAPPELEZ-VOUS, CORINNE ! URGENCE OU PAS, S'ILS VOUS DISENT QU'ILS FONT PARTIE DU MONDE DU CINÉMA, PRRRRT !
C'EST BIEN COMPRIS ?
OUI, DOCTEUR
BIEN, DOCTEUR

# De vie à trépas

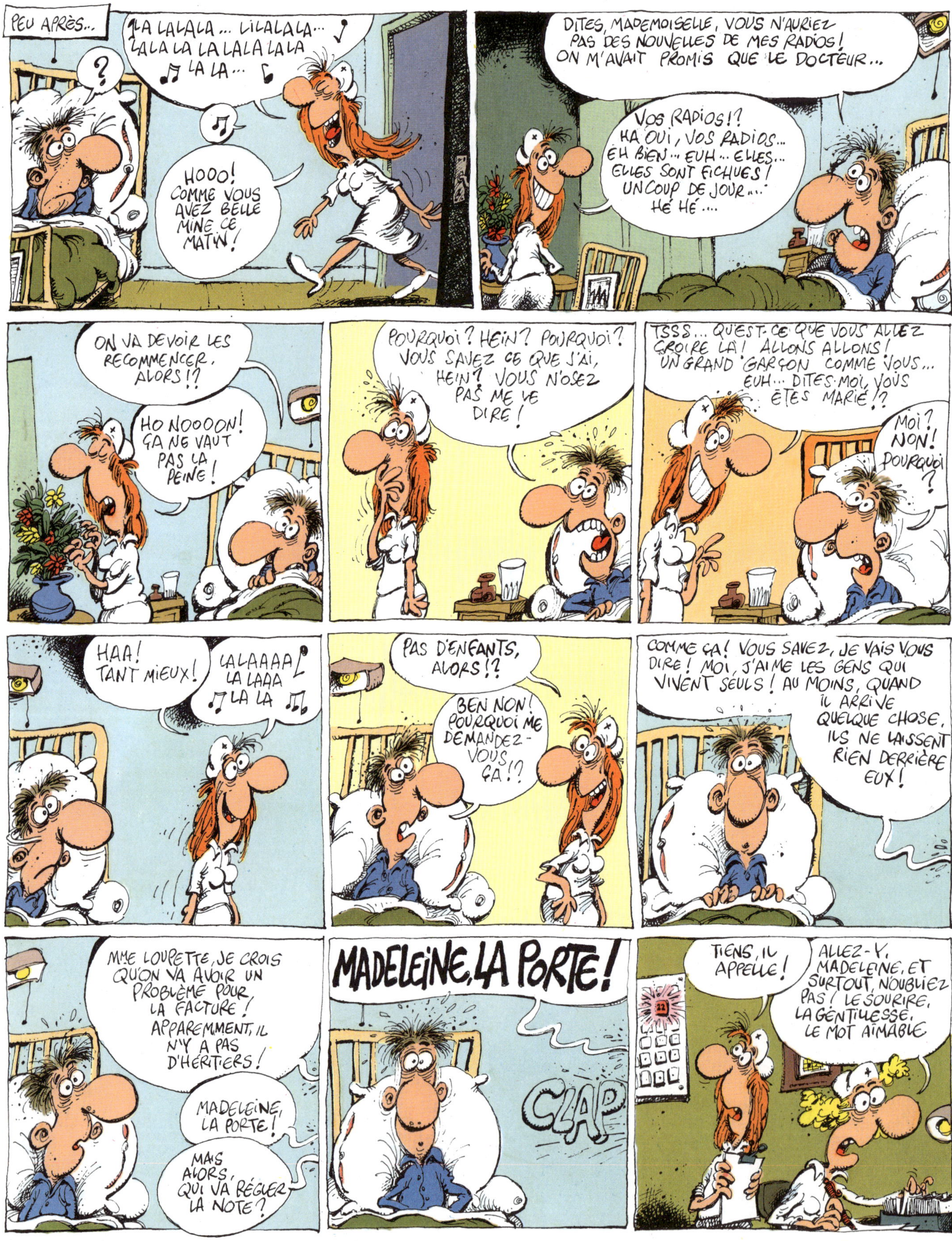
PEU APRÈS...
LA LALALA... LILALALA... LALA LA LALALA LALA LA LA...
?
HOOO! COMME VOUS AVEZ BELLE MINE CE MATIN!
DITES, MADEMOISELLE, VOUS N'AURIEZ PAS DES NOUVELLES DE MES RADIOS! ON M'AVAIT PROMIS QUE LE DOCTEUR...
VOS RADIOS!? HA OUI, VOS RADIOS... EH BIEN... EUH... ELLES... ELLES SONT FICHUES! UN COUP DE JOUR... HÉ HÉ...
ON VA DEVOIR LES RECOMMENCER, ALORS!?
HO NOOOON! ÇA NE VAUT PAS LA PEINE!
POURQUOI? HEIN? POURQUOI? VOUS SAVEZ CE QUE J'AI, HEIN? VOUS N'OSEZ PAS ME LE DIRE!
TSSS... QU'EST-CE QUE VOUS ALLEZ CROIRE LÀ! ALLONS ALLONS! UN GRAND GARÇON COMME VOUS... EUH... DITES-MOI, VOUS ÊTES MARIÉ!?
MOI? NON! POURQUOI?
HAA! TANT MIEUX!
LALAAAA LA LAAA LA LA
PAS D'ENFANTS, ALORS!?
BEN NON! POURQUOI ME DEMANDEZ-VOUS ÇA!?
COMME ÇA! VOUS SAVEZ, JE VAIS VOUS DIRE! MOI, J'AIME LES GENS QUI VIVENT SEULS! AU MOINS, QUAND IL ARRIVE QUELQUE CHOSE, ILS NE LAISSENT RIEN DERRIÈRE EUX!
Mme LOUPETTE, JE CROIS QU'ON VA AVOIR UN PROBLÈME POUR LA FACTURE! APPAREMMENT, IL N'Y A PAS D'HÉRITIERS!
MADELEINE, LA PORTE!
MAIS ALORS, QUI VA RÉGLER LA NOTE?
MADELEINE, LA PORTE!
CLAP
TIENS, IL APPELLE!
ALLEZ-Y, MADELEINE, ET SURTOUT, N'OUBLIEZ PAS! LE SOURIRE, LA GENTILLESSE, LE MOT AIMABLE

VOUS AVEZ BESOIN DE QUELQUE CHOSE ?
OUI ! JE SUIS SÛR QU'ON ME CACHE QUELQUE CHOSE ! JE VEUX SAVOIR ! OÙ EST LE DOCTEUR MINET ?
CHEZ LUI ! BAH, CROYEZ-MOI, VOUS N'AVEZ PLUS BESOIN DE LUI... VOUS ÊTES CROYANT ?
HEIN ?... EUH... JE...
L'AUMÔNIER PASSE À LA CLINIQUE RÉGULIÈREMENT ! SI VOUS VOULEZ LE VOIR, VOUS ME LE DITES...
POURQUOI ME DITES-VOUS ÇA ! HEIN ?
PARCE QUE VOUS ÊTES TOUS PAREILS, VOUS, LES MALADES ! VOUS L'APPELEZ TOUJOURS QUAND IL EST TROP TARD ! C'EST AVANT QU'IL FAUT L'APPELER, PAS APRÈS !
ENFIN, MOI, POUR CE QUE J'EN DIS !
SI VOUS CHANGEZ D'AVIS, SONNEZ !
LA LA LA LA LAAA
COMMENT VA-T-IL ?
ÇA VA ! ÇA VA !
ENCORE ?
VOYONS, MADELEINE, SOYEZ PATIENTE ! METTEZ-VOUS À SA PLACE...
OH BEN NON ALORS !
J'AI SOIF ! QU'EST-CE QUE JE PEUX BOIRE ?
BOIRE ?! MAIS TOUT ! QU'EST-CE QUE VOUS VOULEZ ?
TOUT ?! MAIS MON RÉGIME ?
IL N'Y A PLUS DE RÉGIME ! PUIS-JE VOUS CONSEILLER UNE CHOSE ?
EUH...
UN BON PETIT VERRE DE RHUM ET UNE CIGARETTE ! IL N'Y A RIEN DE TEL DANS DES MOMENTS PAREILS !

C'EST GRAVE! JE SUIS SÛR QUE C'EST GRAVE!
MADELEINE, QUELQUE CHOSE ME DIT QUE VOUS AVEZ ENCORE GAFFÉ!
MOI? MAIS NON!
JE VEUX SAVOIR! JE VEUX SAVOIR!
IL VEUT SAVOIR!
IL VA SAVOIR!
VOUS ALLEZ...
OUI! DANS LE FOND, C'EST TOUT À FAIT SON DROIT... NOUS N'AVONS PAS LE DROIT DE LE LUI CACHER PLUS LONGTEMPS!
MAIS LE DOCTEUR?
NOUS NE SOMMES PAS OBLIGÉES DE LE LUI DIRE
PEU APRÈS!
ALORS!?
IL SAIT!
ET... ET COMMENT L'A-T-IL... PRIS?
IL N'A PAS ENCORE RÉALISÉ... DU MOINS... JE NE CROIS PAS... JE N'AI PAS EU LA FORCE DE RESTER PRÈS DE LUI!
J'Y.... J'Y VAIS ....
Z
???
VOUS AVEZ ÉTÉ PARFAITES! IL A SOURI JUSQU'AU BOUT! C'EST UN VÉRITABLE PLAISIR DE VOIR QUELQU'UN QUITTER CE BAS MONDE AVEC UN MORAL PAREIL! QU'EST-CE QUE VOUS LUI AVEZ DIT? JE VEUX SAVOIR!
HO NON, DOCTEUR! PAS VOUS
PAS VOUS!
41 V
BERCOVICI & CAUVIN

# Revenez deux mains...

LA PREMIÈRE MAIN, S'IL VOUS PLAÎT!
VOILÀ, DOCTEUR!
4
DUKE
FIL! AIGUILLE!
POUR L'INSTANT LE DOCTEUR MINET TENTE LA GREFFE DE LA MAIN IRANIENNE — IL S'AGIT D'UNE MAIN DROITE EN EXCELLENT ÉTAT! JE SIGNALE EN PASSANT QUE LE DONNEUR A TENU À GARDER L'ANONYMAT...
ÇA VA, DOCTEUR?!
MMGRLBLUM
HA BON!...
CISEAUX!
CISEAUX!
CISEAUX
GLOUK BLIP
RPL
...ET C'EST POUR ÇA QUE KRASH LAVE PLUS BLANC...
HAM
GROMPF
SLRP
GLARF
MIAMGLP
PABO BOULETTES? ILS EN RAFFOLENT...

... POURQUOI JE PRÉFÈRE UTILISER LES COUCHES FAMPERS? HÉ BIEN....
RPL
BLIP ZOUP BONK EURK
PSST ! A'VOUS !!
URK
VRAM
OÙ EN ÊTES-VOUS À PRÉSENT, DOCTEUR ?
J'AI TERMINÉ LA GREFFE DE LA PREMIÈRE MAIN ! NOUS ALLONS POUVOIR PASSER À LA SECONDE
BRAVO! BRAVO! NOUS VOUS LAISSONS, DOCTEUR...
MADELEINE, LA MAIN...
PAT
PAS LA VÔTRE, IDIOTE! L'AUTRE!
CHHHHT, DOCTEUR.
HO! PARDON!
PLAF!
COMME VOUS POUVEZ LE CONSTATER, IL RÈGNE UN CERTAIN ÉNERVEMENT SUR LE PLATEAU... LES NERFS SONT TENDUS, C'EST BIEN NORMAL QUAND ON PENSE À LA GRAVITÉ DE L'OPÉRATION ...

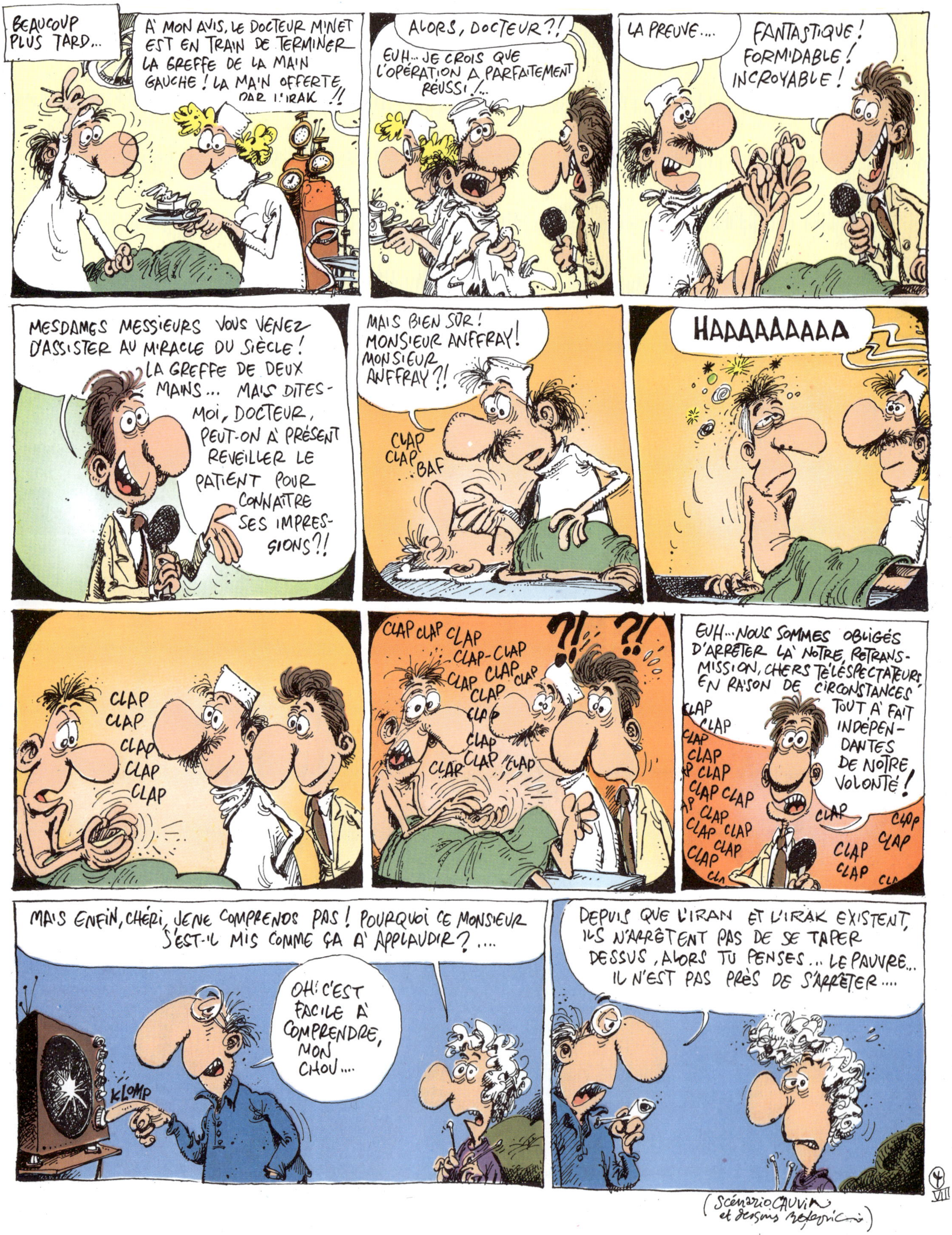
BEAUCOUP PLUS TARD...
À MON AVIS, LE DOCTEUR MINET EST EN TRAIN DE TERMINER LA GREFFE DE LA MAIN GAUCHE ! LA MAIN OFFERTE PAR L'IRAK !!
ALORS, DOCTEUR ?!
EUH... JE CROIS QUE L'OPÉRATION A PARFAITEMENT RÉUSSI !...
LA PREUVE....
FANTASTIQUE ! FORMIDABLE ! INCROYABLE !
MESDAMES MESSIEURS VOUS VENEZ D'ASSISTER AU MIRACLE DU SIÈCLE ! LA GREFFE DE DEUX MAINS... MAIS DITES-MOI, DOCTEUR, PEUT-ON À PRÉSENT RÉVEILLER LE PATIENT POUR CONNAÎTRE SES IMPRESSIONS ?!
MAIS BIEN SÛR ! MONSIEUR ANFFRAY ! MONSIEUR ANFFRAY ?!
CLAP CLAP ...BAF
HAAAAAAAAA
CLAP CLAP CLAP CLAP CLAP
CLAP CLAP CLAP CLAP-CLAP CLAP CLAP CLAP CLAP CLAP CLAP CLAP CLAP CLAP
?! ?!
EUH... NOUS SOMMES OBLIGÉS D'ARRÊTER LÀ NOTRE RETRANSMISSION, CHERS TÉLÉSPECTATEURS, EN RAISON DE CIRCONSTANCES TOUT À FAIT INDÉPENDANTES DE NOTRE VOLONTÉ !
CLAP CLAP CLAP CLAP CLAP CLAP CLAP CLAP CLAP CLAP CLAP CLAP CLAP CLAP CLAP CLAP CLAP
MAIS ENFIN, CHÉRI, JE NE COMPRENDS PAS ! POURQUOI CE MONSIEUR S'EST-IL MIS COMME ÇA À APPLAUDIR ?....
OH ! C'EST FACILE À COMPRENDRE, MON CHOU....
KLOMP
DEPUIS QUE L'IRAN ET L'IRAK EXISTENT, ILS N'ARRÊTENT PAS DE SE TAPER DESSUS, ALORS TU PENSES... LE PAUVRE... IL N'EST PAS PRÈS DE S'ARRÊTER....
VIII
(Scénario CAUVIN et dessins Bercovici)

# Piquet de greffe

PEU APRÈS...
MADEMOISELLE, VOYEZ UN PEU CE QUI NOUS RESTE EN STOCK COMME MEMBRES INFÉRIEURS !
BIEN DOCTEUR !
VOYONS VOYONS !... HA ! DEUX JAMBES LÉGÈREMENT CAGNEUSES MAIS EN PARFAIT ÉTAT DE MARCHE...
DONNEUR ?
92 ANS !
TROP VIEUX !
UNE JAMBE GAUCHE !
SUFFIT PAS !
DEUX JAMBES DROITES !
C'EST DE TROP !
AH ! ICI ; VOYEZ VOUS-MÊME, DOCTEUR !
MMH... OUAIS ! CE SONT LES SEULES QUI VOUS RESTENT ?
POUR LE MOMENT JE CRAINS BIEN QUE OUI !
BIEN ! JE CROIS QUE NOUS AVONS CE QU'IL VOUS FAUT !... ENFIN PRESQUE... IL Y AURA PEUT-ÊTRE UN PETIT HANDICAP...
BAH ! DU MOMENT QUE JE PEUX MARCHER ET REPRENDRE MON BOULOT, C'EST LE PRINCIPAL !
FAITES PRÉPARER LE BLOC OPÉRATOIRE ! NOUS ARRIVONS !
BIEN DOCTEUR
PLUS TARD...
ET VOILÀ !
COMME D'HABITUDE VOUS AVEZ ÉTÉ PARFAIT, DOCTEUR !
MAIS NON, MAIS NON !
MAIS SI ! MAIS SI !
AH ! J'OUBLIAIS... PAS DE MUSIQUE PENDANT SA CONVALESCENCE... SURTOUT PAS DE MUSIQUE...
NOUS Y VEILLERONS, DOCTEUR !
N'AYEZ CRAINTE.

QUELQUES JOURS ONT PASSÉ...
ALORS?! COMMENT VA NOTRE OPÉRÉ AUJOURD'HUI ?
MERVEILLEUSEMENT BIEN, DOCTEUR ! QUAND POURRAI-JE MARCHER ?
TOUT DE SUITE! ON VA VOUS AIDER À VOUS METTRE DEBOUT...
C'EST VRAI?! C'EST... C'EST VRAI?! OH QUE JE SUIS HEUREUX !
DU CALME... LÀÀÀÀÀ... DU CAAAAALME...
JE MARCHE! JE MARCHE!
IL MARCHE
JE MARCHE!
ZWOMP ZWOMP ZWOMP
AH DOCTEUR! MESDEMOISELLES... COMMENT POURRAI-JE UN JOUR VOUS REMERCIER?...
EN PAYANT LA FACTURE, PAR EXEMPLE...
AU REVOIR! AU REVOIR ET MERCI ENCORE !...
ET SURTOUT N'OUBLIEZ PAS... ÉVITEZ D'ÉCOUTER DE LA MUSIQUE!
LA MUSIQUE... LA MUSIQUE... QU'EST-CE QU'IL VEUT DIRE PAR LÀ... CHAUFFEUR, VOUS AVEZ LA RADIO ?
BIEN SÛR ! QU'EST-CE QUE JE VOUS METS ?!
TAXI

BAH, JE N'AI PAS DE PRÉFÉRENCE ...
BON!
ET VOICI, EN DIRECT DU GRAND OPÉRA DE VIENNE, LA VALSE DES FLEURS DU BALLET "CASSE-NOISETTES" DE TCHAÏKOVSKI !
BOM BOM BOM BAM BOM BOM BOM BAM BONK
?!?
EH! HOOOOO!! NON MAIS ÇA NE VA PAS LÀ-DEDANS !?
DRIIIIIING DRIIIIING
HÉ! DOCTEUR MINET! C'EST POUR VOUS!
OUI DOCTEUR, C'EST AFFREUX! CHAQUE FOIS QUE J'ENTENDS DE LA MUSIQUE, JE PERDS MON PANTALON ET JE ME METS À FAIRE DES POINTES! DITES-MOI, QU'EST-CE QUE JE DOIS FAIRE ?
BEAUCOUP PLUS TARD...
...JE ME DISAIS BIEN QUE C'ÉTAIT TROP BEAU ! DES JAMBES LISSES COMME DU MARBRE, SANS UN POIL, AVEC DES JOLIS PETITS PIEDS TOUT MIGNONS...
DES JAMBES DE BALLERINE ?
JUSTE! LE DOCTEUR M'A CONSEILLÉ DE METTRE UN TUTU ! NON MAIS VOUS ME VOYEZ EN TRAIN DE DÉCHARGER LES NAVIRES EN TUTU ET PORTER DES CAISSES SUR MES POINTES ?
MON PAUVRE VIEUX ...
DITES-MOI, VOUS AVEC VOS MAINS, VOUS N'AVEZ JAMAIS D'ENNUIS ? VOUS CONNAISSEZ LE DONNEUR ?
HÉLAS, OUI...
L'ÉTRANGLEUR DE BOSTON !
BERCOVICI & CAUVIN

# Ciel! Vous perdez la tête!

STOP! ATTENDEZ!
TCHONK
HO NOOOON!
QUELQUE CHOSE QUI NE VA PAS, MONSIEUR LE DIRECTEUR ?
C'EST AFFREUX ! LE TÉLÉPHONE... SON RECOURS EN GRÂCE...
OH NOOOOON!
JE L'AI DÉJÀ DIT!
IL N'EST PEUT-ÊTRE PAS TROP TARD...
AMBULANCE!
PLUS TARD
BLOC OPÉRATOIRE
DOCTEUR... A... ALORS !?! COMMENT VA-T-IL ?
IL VIVRA!
HAAAAA!
OUF!
HÉLAS! JE CROIS QU'IL LUI FAUDRA UNE LONGUE, TRÈS LONGUE PÉRIODE DE RÉADAPTATION...
QUE VOULEZ-VOUS DIRE ?
...MALGRÉ TOUS MES EFFORTS, JE N'AI PU REGREFFER LE CORPS À LA TÊTE!... J'AI DÛ CHOISIR!

ON... ON PEUT LE VOIR ?
BIEN, SÛR ! SUIVEZ-MOI...
EUH... AHEM... J'AI UNE TRÈS BONNE NOUVELLE POUR VOUS ! LE PRÉSIDENT A ACCEPTÉ VOTRE RECOURS EN GRÂCE ET A COMMUÉ VOTRE PEINE EN PRISON !
MAGNIFIQUE ! REMERCIEZ-LE DE MA PART ! J'ESPÈRE BIEN ALLER LUI SERRER LA MAIN UN DE CES JOURS !
JE SAIS QUE C'EST TRÈS DUR POUR VOUS, MAIS CROYEZ-MOI ! LE DOCTEUR A VRAIMENT FAIT TOUT SON POSSIBLE ! HÉLAS UN CHOIX S'IMPOSAIT !
JE SAIS ! IL ME L'A DIT ! ET SAVEZ-VOUS POURQUOI IL N'A PAS CHOISI DE GARDER MON CORPS ?
NON ?
PARCE QUE SANS TÊTE JE N'AURAIS JAMAIS PU VOIR OÙ J'AURAIS MIS LES PIEDS !
NOOOON !
ET À PRÉSENT ?
EUH... À PRÉSENT, JE PEUX VOIR, MAIS JE N'AI PLUS DE PIEDS !.. C'EST CE QUI ME LES CASSE...
OUAAAAHAHAHAHAHAA
L'IMPORTANT, C'EST QU'IL AIT GARDÉ LE MORAL...
JE VAIS DE CE PAS DEMANDER SA LIBÉRATION ! C'EST LE MOINS QUE NOUS PUISSIONS FAIRE POUR LUI !...
HÉ ! N'OUBLIEZ PAS QUE CET HOMME, SOUS DES DEHORS JOVIAUX, A TOUT DE MÊME ÉTRANGLÉ VINGT ET UN CONTRÔLEURS DE CONTRIBUTIONS ! VOUS N'AVEZ PAS PEUR QU'IL RÉCIDIVE ?

PLUSIEURS JOURS ONT PASSÉ...
BONNE NOUVELLE! ON VIENT DE M'APPRENDRE VOTRE REMISE EN LIBERTÉ!
C'EST BEAU, ÇA! MAIS QU'EST-CE QUE JE VAIS FAIRE, MOI, MAINTENANT?
EUH... JE NE SAIS PAS, MOI! IL NE FAUT SURTOUT PAS VOUS DÉCOURAGER... AVEC UN PEU DE CHANCE, VOUS TROUVEREZ BIEN UN MÉTIER QUI VOUS CONVIENNE...
ACTEUR DE CINÉMA, PEUT-ÊTRE...
JE NE COMPRENDS PAS!
SI ON TOURNE LA VIE DE LOUIS XVI...?
VOUS ÊTES UN COMIQUE, VOUS! ATTENDEZ, J'AI UN COUSIN QUI... MAIS OUI! POURQUOI N'Y AI-JE PAS PENSÉ PLUS TÔT! JE SUIS SÛRE QU'IL FERA QUELQUE CHOSE POUR VOUS
JE VOUS REMERCIE!
LUNA
TIR MIMILE
HOT
JET
ET VOICI, APRÈS L'HOMME-ARAIGNÉE ET LA FEMME-SERPENT, L'HOMME SANS TRONC! POSEZ-LUI VOS QUESTIONS. IL VOUS RÉPONDRA. ENTREZ, ENTREZ, MESDAMES, MESSIEURS...
ALLEZ! SOYEZ CHIC! AVOUEZ: ENTRE NOUS, IL Y A UN TRUC, HEIN?
BEN NON...
MAIS, SI!
MAIS NON!
ET IL PARLE
LÀ!
CETTE HISTOIRE N'A PEUT-ÊTRE PAS DE QUEUE, MAIS AU MOINS ELLE A UNE TÊTE.... OUAHAHAHAAAA!...
...MAIS GARDONS LES PIEDS SUR TERRE...
4 IX
CAUVIN juillet 81

# Tirez la langue...

EN ÉP... PAANT L'ÉVIER BOM MA ANGUE PAF... AÏEAÏE MO... CEAUX ... GAACE...
?
?
PAF
BOM
BOM
DOC EUR! ÉVIER BOM... MA ANGUE PAF... VIIIIIITE... AÏEAÏE... GEFFE...
PAF
PAF

BREF, À FORCE D'INSISTER, LE PERSONNEL DE L'HÔPITAL FIT APPEL À LA POLICE! CEUX-CI, MALGRÉ LES CRIS DE MON MARI, L'EMMENÈRENT AU POSTE, ET CROYANT AVOIR AFFAIRE À UN FOU, LE QUESTIONNÈRENT DES HEURES DURANT ...
MAIS C'EST AFFREUX!
AORS ... ÉVIER BOOM ET MA ANGUE PAF... TUBE CUIVRE ... QUAI À MOETTE ....
C'EST EN OUVRANT LE BOCAL QU'ILS COMPRIRENT L'ATROCE VÉRITÉ (PAS TROP TÔT) ...
AAAAARGH
AH!! OYEZ ....
ON RAMENA D'URGENCE MON MARI À L'HÔPITAL...
OUIOUIOUIOUIOUI
HÉLAS! LE DÉLAI ÉTAIT DÉPASSÉ DEPUIS LONGTEMPS... LE CHIRURGIEN PUT MALGRÉ TOUT LUI GREFFER UNE TOUTE PETITE LANGUE PRÉLEVÉE SUR UN TOUT PETIT ANIMAL ...
ET... ET MAINTENANT!?... IL REPARLE?
OOH OUI! ALBEEEÉERT!
TU AS DIT QUELQUE CHOSE, MA CHÉRIE QUE J'AIME ET QUE J'ADORE ET QUE JE VOUDRAIS RENDRE HEUREUSE TOUTE LA VIE, MÊME QUE JE FAIS DE GROS EFFORTS POUR RENDRE SA VIE EN OR ?!
NON! RIEN ...
FANTASTIQUE
N'EST-CE PAS...
ET... ET CE PETIT ANIMAL... C'ÉTAIT QUOI?
SLAP!
UNE GRENOUILLE!
CHROMP CHOMP GLPS
FIN
3
CAUVIN-BERCOVICI 11.82

# Revendications

LE LENDEMAIN MATIN ...
HAAA !!
EUH... AHEM ! ... J'AI UNE MAUVAISE NOUVELLE POUR VOUS ...
AAAAH ?!
IL Y A GRÈVE DES TRANSPORTS EN COMMUN AUJOURD'HUI ! PAS DE BUS, PAS DE MÉTRO... LE DOCTEUR A ÉTÉ BLOQUÉ PENDANT PLUS DE DEUX HEURES DANS UN EMBOUTEILLAGE ...
... IL VIENDRA UN PEU PLUS TARD !?
PENSEZ-VOUS ! LE TEMPS D'ARRIVER ET IL SERA DÉJÀ L'HEURE DE FERMER ! IL EST RETOURNÉ CHEZ LUI ET MOI, JE VAIS EN FAIRE AUTANT ! À VÉLO CE N'EST PAS FACILE NON PLUS !
ET ... ET MOI ? QU'EST-CE QUE JE VAIS FAIRE MOI LÀ ?
SOUTENEZ LE MOUVEMENT !
¡NON À LA SUPPRESSION D'EMPLOIS !
B ...
HAAAA !?
BEN NON ! LES POMPISTES SE SONT MIS EN GRÈVE CE MATIN ... ET LE DOCTEUR AVAIT OUBLIÉ DE FAIRE LE PLEIN HIER SOIR !
MAIS QU'EST-CE QUE ...
NON À LA HAUSSE DES PRIX DE L'ESSENCE !
2

HUH ?!
KLONG BONG
NON A' LA HAUSSE DU PRIX DE L'ESSENCE
VOUS... VOUS N'AVEZ PAS VU LE DOCTEUR ?!
LE QUOI !
LE DOC TEUR !
DITES ! VOUS AVEZ DEJA VU LE DOCTEUR TRAVAILLER LE WEEK-END VOUS !!
BAONG
VOUS VENEZ D'ARRIVER OU QUOI ?!
BOOUAAAA
JE T'EN PRIE NE SOIS PAS FAROUUUCHE LORSQUE ME VIENT L'EAU A' LA BOOOUUCHEU...
DITES ! PENDANT QUE VOUS ÊTES LA' A' NE RIEN FOUTRE JE PEUX VOUS DEMANDER UN MENU SERVICE ?!
?
POUR LA SEMAINE DES 35 HEURES
MAMAN...
ENFIN !...
VOUS VOYEZ BIEN QU'IL NE FALLAIT PAS VOUS INQUIÉTER ! ON EST LA' MAINTENANT...
SNOK
DADADADIDADA DI DADLA LALA
TSOIN !
TSOIN !
ET VOILA ! VOUS POUVEZ RECONDUIRE MONSIEUR DANS SA CHAMBRE !
MADEMOISELLE, SOYEZ FRANCHE
AVOUEZ QUE C'ÉTAIT UN COUP MONTÉ !
ALLONS ALLONS, MONSIEUR LE PREMIER MINISTRE, QU'EST-CE QUI VOUS FAIT CROIRE ÇA !?...
3
BERCO CAUVIN 83